U0065731

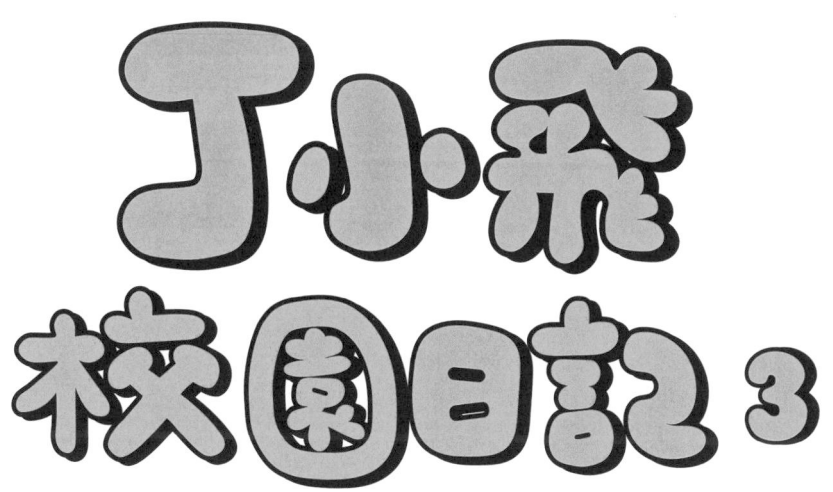

丁小飛校園日記 3

副班長爭奪戰

文・原畫 郭瀞婷　　圖 水腦

人物介紹

四年級,認定自己未來會是很了不起的偉人,所以開始認真的塗寫日記,將來好拿來拍電影、受訪問。他成績很差、懶惰、不愛念書又常常抄同學的作業,可是有異於常人的想像力和自信心。

超級偉人!

50 年後的丁小飛

小便

阿達

小飛的哥哥,比小飛還要懶惰。喜歡惡作劇。他養了一隻變色龍叫做「小便」,是他最好的朋友,大概也是他唯一的朋友。

小妹

小飛的妹妹,還不大會講話的小朋友。很愛哭。小飛認為小妹的大便臭到可以拿去當炸彈,一定可以把敵人都嚇跑。

媽媽

職業婦女，在環保基金會上班，對保護地球有強烈的使命感。她很愛家人、動物和植物，會為了堅持自己的理念而勇於挑戰。

爸爸

大學教授，會唱歌和跳舞。喜歡用哲理跟小孩講道理，卻常常讓大家聽不懂。和媽媽的感情很好，很為家人著想。

何李羅

小飛的同班同學，個性老實，博學多才。常常勸小飛不要抄功課。上課喜歡一直舉手回答老師的問題。

海藻叔叔

小飛爸爸的大學同學。頭髮很亂可是自認為很有造型。大學時期曾和小飛爸爸組成樂團，後來自己也繼續到處演奏。

9 月 1 日 星期 五

五十年後的丁小飛：

當你看到這本日記一定會非常感激我，因為可以用這本日記再次證明你從小就如此的聰明。自從學校宣布要大家在畢業前，放一樣東西在**時光膠囊**裡給五十年後的自己，我就已經決定要放這些日記了。五十年後我已經是**世界上最偉大的人**，這些日記很有可能被拍成電影，也有可能被放在名人博物館給崇拜我的人參觀，所以我很認真的記錄所有事情。我之前又不小心看到我哥哥阿達的日記，裡面竟然有一堆錯字，像有一篇他說自己長得很帥，就像一個「斑馬王子」，真是太好笑了！另一篇他寫他忘了帶「要屎」所以無法開門回家！拜託，太誇張了！我只好幫他全部改過來。阿達真的應該感謝我，以後我會變得非常有名，萬一我的這些日記都被搶購光了，他的日記搞不好也會被搬出來，賣給那些沒有搶到我的日記的人。如果錯字這麼多，怎麼能當偉人的哥哥呢？

不是我在說，我實在不喜歡寫東西，但為了五十年後的你，我只好犧牲一下平常打電動的時間。希望五十年後

打開時光膠囊時，不會造成你太多的困擾。

又有一本日記！

丁小飛
校園日記 3

你看今天的日期就知道 —— 痛苦的上學日又來臨了！
我好不容易從那個「未來領袖夏令營」恢復體力，現在又
要開始面對我最不喜歡的兩件事情。

第一件事，就是要跟班上同學分享自己在暑假做了什
麼。**不是我在說**，我每年做的事情都跟大家不太一樣。

別人	我

今年：

暑假跟家人去歐洲玩	未來領袖夏令營

去年：

每天跟姊姊去游泳池玩	暑期英文班

前年：

和朋友去森林露營	暑期游泳訓練班

不過我在想，當五十年後這些同學被訪問時，他們的
答案很可能會不一樣：

第二件事情就是每學期一開始，班上會選各種長！這件事情對我來說非常重要。想想如果現在有記者問你：「丁小飛，你小時候在班上當過什麼長啊？」你總不能什麼都講不出來吧！我之前已經當了好幾次排長，不過那是我積極爭取的結果。當排長最大的好處，就是收完全排的功課後，就可以利用上課時間**抄同學的功課**。不過很不幸的，自從上次被班上的吳心心檢舉，我的排長生涯就受到極大的威脅。不過這樣也好，畢竟如果現在有記者問你：

「丁小飛，你小時候當過什麼長啊？」

整個就遜掉了。

媽曾經跟我說，**大部分的偉人小時候都當過班長。**
不過通常能夠當上「長」的，都是功課很好的人。像我們
這種成績「有待加強」的人，機會是很渺茫的。這讓我感
到很沮喪，因為那就表示我永遠都不可能當上班長。這種
感覺就好像：

讓我整個很無力。

不過爸說如果我極力爭取，用有創意的方式鼓勵大家
提名我，還是有機會的。我也不一定非做班長不可，也可
以考慮其他的職位，看哪一個比較適合我的專長和個性。

我覺得爸講得真是有道理，所以晚上我把當「長」的好處與壞處都寫下來：

職務	優點	缺點
班長	偉人必經之路	責任很多，每天都要寫完功課
衛生股長	自己可以不用打掃	要假裝很關心教室清潔
康樂股長	只有體育課、郊遊時才需要做事	每年都要參加躲避球比賽
風紀股長	自己上課講話都不會被記	自己上課不能講話

想來想去，所有的「長」都有好有壞。但是有一個職位是完全只有好處，沒有壞處，那就是——**副班長**！我完全不記得副班長有什麼責任，只記得每次班長不在時，副班長就會走到講臺前跟大家說：

這簡直就是專門為我打造的職位嘛!而且如果現在有

人訪問你:「丁小飛,你小時候當過什麼長啊?」

聽起來也是很體面的。所以，我想來想去真的覺得這個位子非常適合我。

晚上睡覺之前，我把我的決定跟爸說。他覺得如果我想當副班長，就應該想辦法用正當的方式爭取，甚至可以讓大家知道我當上副班長以後會帶給班上的同學什麼好處，這樣也是一個好方法。爸講的方法真是太讚了！而且，我已經想到要如何讓班上的人知道我可以帶給大家非常棒的好處！

五十年後的丁小飛，我要繼續往偉人之路前進了！

9 月 4 日 星期 一

五十年後的丁小飛：

　　早上吃早餐的時候，我看到坐在小妹的嬰兒餐桌椅上的不是小妹，而是阿達的變色龍寵物——**小便**。

　　我問阿達為什麼要把小便放在嬰兒椅上？他說不是他放上去的。阿達說他長期練習的「**念力**」成功了。早上他發現之前買給小便的飼料已經沒了，所以刷牙前，他就用念力叫小便自己去找東西吃。結果他刷完牙一出來，發現小便已經自己跑到小妹的椅子上，眼睛一直瞪著小妹的嬰兒食物。他覺得很開心，一定是因為他的念力讓小便坐到小妹的食物旁邊。但開心的只有阿達一個人，接下來我聽到的只有小妹魔音穿腦的哭聲。

今天一到學校，我馬上跟坐旁邊的巧克力說：

> 我其實滿適合當
> 副班長的。

他用他那雙很小很小的眼睛瞄了我一下，連頭都沒動，然後繼續吃甜甜圈。他大概對選舉沒興趣吧。也沒關係，要應付不友善的選民也是我們需要學習的。去年的副班長是我們班上很會打躲避球的金思高。原本他是我的勁敵之一，但沒辦法，誰叫他暑假跟家人一起去歐洲，一個星期後才會回來上課呢？下課後，我開始用我想好的臺詞跟大家宣傳我當上副班長的好處。

說完後，我跟坐在後面的何李羅說出我對於副班長的

想法。何李羅不但是我的「**功課顧問**」，暑假我們還一起

參加夏令營。他這麼喜歡舉手發言，我想只要他同意我的

看法，就一定會幫我完成這件事情！我問何李羅，知不知道副班長的工作是什麼？何李羅說，他覺得副班長應該是要輔助班長，並且跟其他長一起合作，完成班上所有的事。

我笑著對他說：

「是的！譬如我以前當排長常常需要收功課，如果我是副班長，我就會自己親自收功課，這樣排長就不用這麼辛苦了！」

何李羅笑著說，他也覺得這是一個不錯的建議。

我轉過頭來，心裡越來越有把握。**看來副班長非我莫屬了！**

到了選舉的時刻，七龍珠老師要我們先想好所有長的人選，還把所有長的職務內容跟全班說了一遍。當她講到副班長時，我還特別回頭看了一下何李羅，我想，等到選副班長的時候，他一定會記得要舉手提名我。

　　我們先從其他長開始選，最後才要選班長和副班長。首先選出的是康樂股長。五十年後的丁小飛，你一定不敢相信，大家竟然一致公認不在班上的金思高是最適合的人選！不過算了，既然他把副班長的職位讓給了我，我就原諒他吧！接下來的衛生股長、學藝股長等，也都陸續選了出來。

　　到了副班長這個項目，我還特別把頭髮好好整理了一下，清清喉嚨，準備等一下要跟大家表達謝意。第一個被提名的是吳心心。**不是我在說**，她實在有點雞婆，而且一天到晚喜歡打小報告。如果她當上副班長，我的日子應該會很不好過。

　　第二個被提名的是講話很好笑的搞笑大王，趙兆兆。不要問我為什麼他的名字會是三個同音；不過他常常在大家面前做一些很搞笑的動作，所以大家都喜歡他，我是可以理解的。但是說實話，跟我這樣有偉人氣質的人相比，

他還是差了一截。

趙兆兆　　　　　　　　我

剩下最後一個名額時，我開始感到奇怪，怎麼還沒有人提名我呢？我今天在班上跟大家講過我當副班長的好處，他們應該很開心才是啊？後來，終於又有人舉手提名，很大聲的說：

我要提名坐在
前面的……

　　不會吧！我回頭看了一下何李羅，他先是很錯愕，然後很不好意思的跟提名的人招招手。一提完三個人的名字，七龍珠老師就要大家舉手表決。五十年後的丁小飛，你一定不敢相信你的副班長職位，就這樣被坐在後面的何李羅活生生拿走了，而且他還是**高票當選！他真是太對不起我了。**

今年的班長仍然由坐在我左邊、非常崇拜我的程友莘當選。七龍珠老師說，現在所有的長都選完了，要把每一排的排長也選出來。才講到這裡，何李羅馬上站起來跟老師說：

老師、老師！
丁小飛當過排長！

是的，我今年又再次當選**排長**。不過還有另外一件事情跟以前一樣：以前檢舉我偷抄功課的吳心心，又再次坐在我的斜後面。

我冒著冷汗回頭，看著她雙手插腰，用大小眼瞪著我，連我的頭髮都可以聽到她在說：「你給我注意點！」

原本想說當了排長，最起碼可以繼續抄大家的功課。但不幸的事情卻繼續往下發生。對不起我的何李羅竟然舉手，說出他身為副班長的第一項建議：

何李羅說完後，還對我微笑舉出大拇指。

天啊，我偷抄功課的機會，就這樣被何李羅給一手搞砸了！

今天真是超級無敵倒楣的一天。

五十年後的丁小飛：

既然當上了排長，今年我打算凸顯排長這個工作的重要性。排長除了要收功課以外，還有一項神聖的任務，就是要安排我們這一排所有人的打掃工作。我們這一排被分配到拖地板和倒垃圾，所以我安排一些人拖室內的地板，一些人拖外面的走廊。至於何李羅，既然他這樣對不起我，把我的副班長職位搶走，我只好讓他去倒臭垃圾。當我安排完之後，居然有人問了我一個問題：

我愣了一下。我說，因為我很辛苦的安排所有人的工作，所以我會繼續很辛苦的監督大家打掃。但又有人說應該每個人都要有工作才對啊！到了最後，何李羅提議，要我跟他一起去倒垃圾，大家才開始各自去拿拖把，開始打掃。我真的是被何李羅打敗了！我好不容易決定要慢慢原諒他搶走副班長這件事，他竟然還繼續把我一起拖下水，要我跟他一起去**倒垃圾**！

五十年後的丁小飛，你現在看到這一段，就應該知道要怎麼做了吧！

下午回到家以後，我看到一個很奇怪的情景。在客廳沙發的角落裡，阿達把他的毯子和枕頭放在地上，盤腿坐著，眼睛閉起來唸唸有詞。

我問他在幹麼？他說正在苦練他的念力，讓自己有很多分身，這樣他就可以同一時間做很多事情。媽也很好奇的問他為什麼要練分身術呢？他也沒有很多地方要去啊！他說他常常一大早想上廁所，可是又很想睡覺。如果練成了分身術，就可以叫分身去幫他上廁所，這樣他就可以繼續睡覺了。

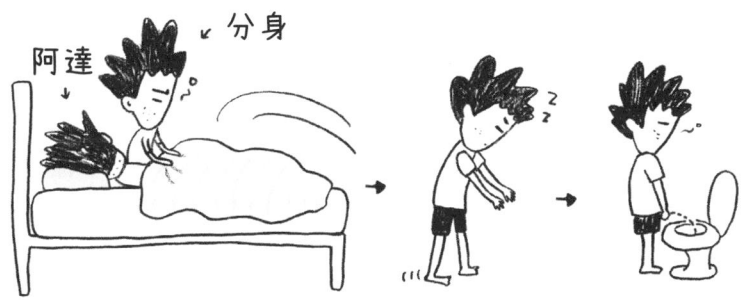

　　我雖然不太相信阿達會練成分身術，但想想如果我也有分身，可以每天幫我去和何李羅一起倒垃圾，也是一件不錯的事。

　　希望阿達趕快練成分身術，這樣一來我就不用去倒垃圾了！

五十年後的丁小飛：

最近阿達不但開始練他那個奇怪的分身術，還不知道

從哪裡學了一個新的口頭禪：

其實有時候身為一個偉人，我必須感謝像阿達這樣奇

怪的人。因為有了他和班上一些奇怪的人，才更能凸顯我

們偉大的地方。

五十年後的丁小飛，當你看到這裡不要忘了和阿達說聲謝謝，表示一下對他的感激之情。因為有他在你旁邊，更能襯托你的偉人特質啊！

　　對了，五十年後的丁小飛，不知道你現在會不會碰到這個情形——當有人問你一個問題，如果你很誠實的回答，結果他反而不開心。

我今天就發生了這種事。

今天上第二節社會課的時候，七龍珠老師站在世界地圖前，問大家知不知道美洲在哪裡？我們都沒有人舉手，老師就很生氣的說：「不是叫你們前一天晚上要先看過課本嗎？怎麼都沒有人知道答案呢？」這時，程友莘走到前面，用手指著地圖說：

七龍珠老師很高興的稱讚程友莘。等到程友莘回到座位後，七龍珠老師又問了另外一個問題：「有沒有人知道是誰最先發現了美洲？」但又沒有人舉手。這時我覺得很奇怪，這麼簡單的問題為什麼都沒有人知道？看來是我發揮的時候了！於是我舉手回答：

是程友莘發現的啊！

　　全班一陣大笑。後來七龍珠老師說，她要問的是，在「歷史上」誰發現了美洲新大陸，而不是「剛剛」誰在地圖上發現了美洲！

是哥倫布，
不是程友莘。

　　吃中飯的時候，我和坐在隔壁的巧克力一起轉到後面，跟何李羅一起吃便當。就像以前一樣，巧克力又帶了好多他爸爸幫他準備的便當菜和冰冬瓜茶，甚至還有甜點！我看了一下他帶的甜點，除了香草蛋糕以外，還有我最愛的泡芙呢！我真是太高興了。阿達以前都會笑我，說我喜歡吃大便——泡芙的樣子還真有點像。可是我一點都不介意，反而還挺開心的，因為那就表示他絕對不會跟我搶著吃。

我們吃完便當後，發現了一件事——巧克力只帶了兩個泡芙，但我們有三個人。而且巧克力一口就把一個泡芙吃進肚子，現在只剩下一個。**不是我在說**，何李羅已經對不起我兩次了，一次是搶走我的副班長職位，後來又害我跟他一起倒垃圾。沒跟我道歉也就算了，現在總不會跟我搶這個泡芙吧？這時，何李羅主動說，我們兩個一人一半好了。但泡芙是很難切成兩半的。泡芙裡面有好好吃的奶油，如果切成一半，裡面的奶油都會被擠出來，那就太對不起我心愛的泡芙了。何李羅一聽到我說不行，就建議用猜拳的方式，誰贏就誰吃！當他要出拳的時候，我又後悔了。要把一顆珍貴的泡芙，就這樣隨便的用剪刀石頭布來決定落入誰的嘴巴，真是太對不起泡芙了。所以我們又想出另一個方法，就是我們各自從冰冬瓜茶裡拿出一顆差不多大小的冰塊，放在教室外面的走廊，看誰的冰塊融得比較快，誰就可以吃掉整個泡芙。

班上其他同學知道我們在比賽，也都跑出來看我們的冰塊。但是冰塊融化得好慢，我們盯著冰塊看了好久，一直到老師把大家都叫回去上課，也看不出結果。等到下課鐘聲一響，大家一起衝到走廊，卻發現冰塊已經變成一灘水，根本分不出是誰的冰塊先融化。搞了老半天，我們還是回到**何李羅**最初的建議，把泡芙切成兩半。

　　我們在吃泡芙的時候，我發現 —— 何李羅那一塊的奶油比較多！

9 月 17 日 星期 日

五十年後的丁小飛：

今天是星期日，照理說可以睡到中午吃飯時間再起床。但早上我的眼睛還沒睜開，就已經聽到耳朵旁邊吸塵器的聲音，讓我不起床都不行。五十年後的丁小飛，不知道你現在有沒有這樣的經驗？早上如果有聲音吵醒你，你會假裝自己還在夢裡，然後繼續睡，而那個噪音再過一會兒就會消失。

我也不知道爸是不是故意的，他的吸塵器越來越靠近，搞得我只好抱著枕頭直接衝到阿達房間，跟他擠在同一張床上。平常我是不會這樣的，因為阿達常常會有奇怪的舉動。

流口水

　　沒辦法，睡覺對我來說實在是太重要了！星期日如果不睡到中午，我會覺得一整天都對不起我的床。這種感覺是其他人無法理解的，所以我也只好硬著頭皮跟阿達睡同一張床。到了中午，他一翻過身來，嘴巴張開呼氣，我才正式跳下床。這比吵人的吸塵器還要有效。

後來，我終於知道為什麼爸今天要大掃除了。原來是今天晚上爸最好的朋友「**海藻叔叔**」要來我們家。為什麼他叫做「海藻叔叔」呢？因為他的頭髮永遠都亂得像海藻。可是海藻叔叔更正我們，他說那叫做「有個性」。

海藻叔叔是爸大學時期的朋友。聽說他們兩個人曾經一起組了個二重唱的樂團，爸負責彈電子琴，海藻叔叔彈吉他。媽說他們還曾經風靡了很多大學生呢！

　　現在海藻叔叔偶爾還會去學校或音樂廳表演吉他和演唱。我們曾經吵著要爸帶我們去看，可是爸說海藻叔叔每次表演的地方都很遠，所以我們也只能在家裡聽他清唱幾句。說到海藻叔叔，我就想到他的一對雙胞胎小孩。她們每次來我們家玩，我都覺得她們像兩隻**被搔癢的小鳥**。她們會一直笑、一直笑，而且會拉著我跟她們一起喝假的下午茶，實在很累。

不過這還不是最辛苦的。

最累的是還要跟她們一起演出《海盜救公主》的故事。而且為了要公平，我們一定要演兩次，不然有一個一定會大哭。

今天下午，我們到超市去買一些吃的，準備用來招待海藻叔叔。爸在清潔用品區逗留了非常久。五十年後的丁小飛，你現在有很多傭人幫你打掃家裡，但五十年前的家，都是爸在打掃。爸說他從小每年都是班上的衛生股長，他中午都會自動自發的把教室裡每張桌子擦過一遍，然後再去擦黑板，所以班上同學都覺得他是最適合的衛生股長人選。

正當爸口沫橫飛的跟我們講解每一種清潔用品時，突然遠處有人叫我的名字。我們一回頭，發現是何李羅和他的爸媽！何李羅一看到我，馬上跑到我旁邊，跟我說他們

剛剛買了什麼，為什麼要買這些東西，什麼時候會用到這些東西。他爸媽也一起過來跟我爸媽聊天，一問之下，才知道原來再過兩個星期就是何李羅的生日，他們打算幫他辦一個**生日派對**。何李羅的爸爸很開心的說，今年是何李羅第一次當副班長，所以他們會請全班同學到家裡玩。他們全家人還準備在當天一起表演練了很久的交響樂曲。

爸媽聽到這裡都很驚訝，一直問了許多有關**學才藝**的事情。我聽到這裡則是感覺非常不妙，因為這很可能表示爸媽會再度燃起送我和阿達去才藝班的念頭。五十年後的丁小飛，好幾年前我們在看電視時，阿達突然說了一句：

他拉的小提琴聽起來好像小鳥在唱歌。

就因為這句話，從此以後我們的耳朵就不得安寧。每天阿達在客廳拉小提琴的時候，就是我們耳朵最痛苦的時刻。聽起來一點都不像小鳥在唱歌，比較像是公雞感冒的聲音。

你也感冒了嗎？

　　後來阿達不想練習，加上爸的耳朵也快要受不了，就結束了這個可怕的**公雞感冒魔音期**。媽後來說要我們過幾年再回去學小提琴，所以我很怕這件事又會被提出來。

　　果然不出我所料，回到家後，爸很興奮的用他剛買的清潔用品擦窗戶，媽則在一旁跟我們說了這句我們都很不想聽到的話：

以後週末早上都要去學才藝！

何李羅，你真的是太對不起我了！

晚上海藻叔叔帶了被搔癢的小鳥雙胞胎到我們家。果然不出我所料，她們一直拉著我和小妹一起玩。我也不知道她們為什麼都不找阿達？不過我也不是很驚訝。要是我，我也寧可自己玩。

> 你們要不要看我變成忍者？

吃完飯以後，海藻叔叔開始唱歌，邊唱邊說起他跟爸大學時期的事情。海藻叔叔說爸以前很會彈流行歌曲，甚至還有唱片公司找過他呢！爸也紅著臉，不好意思的說，他真的很懷念當年演唱的日子。接下來海藻叔叔很興奮的說他最近到學校演唱的經歷，我們聽了都覺得很有趣。海藻叔叔還曾經跟有名的明星搭檔過呢！我和阿達聽了很羨慕，一直要爸帶我們去聽。海藻叔叔也跟爸說，應該哪天

帶我們一起去聽他演唱。但爸又是同樣的理由：

　　海藻叔叔說，其實搭公車大概一個小時就到了，一點都不麻煩，他還可以安排我們坐在表演場地的最前排。但爸還是一直猛搖頭。真是令我們失望！後來海藻叔叔要爸拿出小電子琴，想要唱歌給我們聽。我們很高興的拚命鼓掌，爸又馬上說怕會吵到鄰居，還是不要拿出來比較好。到頭來還是沒聽到他們兩個合唱，真是可惜。

　　海藻叔叔要離開前，跟爸借走了小電子琴。他跟爸說下次演唱的時候，他想用吉他和電子琴輪流演奏。原本爸有點猶豫，因為那個小電子琴是爸小時候，爺爺買給他的，可是媽已經把小電子琴拿出來了。海藻叔叔就很高興

的拿起小電子琴，把琴帶走了。

離開之前，這兩個被搔癢的小鳥雙胞胎還表演了一段**體操**給大家看。

我有一個很不安的感覺，希望它不要發生⋯⋯

> 你們什麼時候開始學的才藝？好棒唷！

完了！

9 月 18 日 星期 一

五十年後的丁小飛：

今天在課堂上，七龍珠老師宣布這個月是「**友誼之月**」，所以我們這個星期要特別珍惜和感謝身邊的朋友。

五十年後的丁小飛，你現在最好的朋友是誰呢？你這麼偉大，應該有很多朋友吧？不過如果你現在沒有朋友，我也不會很驚訝，因為五十年前的我也常常覺得跟我一樣有偉人氣質的人，還真不多。除了這個理由以外，聽到今天課堂上其他人的演講，更讓我覺得朋友真的很難找。

老師今天要我們每個人上臺說說自己最好的朋友是誰？為什麼他們是好朋友？他們有什麼特質是我們欣賞的？並且要感謝他們。**不是我在說**，聽到這些人的答案後，突然覺得我的答案應該是最好的了。

　　七龍珠老師的眉毛擠成一團，越來越皺，好像有點擔心。輪到我上臺時，我非常有信心能讓七龍珠老師的眉毛開心的上揚。

我最好的朋友是五十年後的自己，因為以後我是一個偉人。

但老師不但沒稱讚，還忍不住走到講臺前，開始跟我們解釋好朋友真正的意義。她說真正的好朋友是可以互相分享，互相鼓勵，願意互相花時間相處並幫助對方，而不是一些**不存在的人**。我斜眼看了一下，我想剛剛提到耶誕老公公的人一定很失望。

耶誕老公公不存在嗎？

老師後來又說，趁著這個月是「友誼之月」，請大家盡量學習與同學相處，多多互相分享。講到好朋友，**不是我在說**，真的不是我在挑剔，但有些人真的很難相處。

　　就拿暑假跟我一起去「未來領袖夏令營」的何李羅來說吧！雖然很想讓他以後成為我的私人助理，但他最近做

出一連串令我失望的事情，讓我必須重新思考是否應該把他列入我的好朋友名單。

　　不過算了。為了五十年後身為偉人的你，我還是決定原諒他。加上他常常借我參考他的功課，我決定正式接納他成為我的好朋友！

　　何李羅一聽到我的邀請，很開心的說，他也會帶他最愛、最珍貴的電玩遊戲到我們家一起玩。我聽到有新的電玩也很高興！太好了，不然我老是只能玩那些好幾年前爸媽和爺爺奶奶買給我的電玩，真的已經玩膩了。有新的電玩遊戲是一件令我非常興奮的事情呢！

　　有新的好朋友真是好，可以互相分享好玩的電動玩具。

9 月 21 日 星期 四

五十年後的丁小飛：

今天學校的打掃時間，我和何李羅一起去倒垃圾。垃圾場在學校後面的後花園裡，所以我們要先經過一個小花園，才能走到垃圾場。不知道為什麼，路上常常會有一個個坑洞，非常的不平坦，我們必須很小心的走才行。

還有另一個讓我們必須很小心走在垃圾場的原因，是學校有一個被大家稱為「**笨笨洞**」的地方，據說很久以前有一個五年級的學生倒垃圾時，不小心掉進了「笨笨

洞」，回到教室以後，他每次考試都得**零分**。原本他是班上的模範生，卻變成了一個笨蛋，很可怕吧！

幾個月後，又有一個三年級的學生也掉進了「笨笨洞」，結果他有很長一段時間都忘了交功課，連他最拿手的美術都開始畫得很差。

從此以後，學校就傳出了這樣的謠言：無論是誰掉進笨笨洞，都會變得很笨。像班上如果有同學突然從成績很好變成很差，大家都會認為他一定是掉進了笨笨洞。一旦被認為是掉進笨笨洞，就很難擺脫「**笨笨**」這個稱呼。唯一的方法就是考試得高分，證明自己不是「笨笨」。

我和何李羅很小心的走在垃圾場，繞過笨笨洞去倒垃圾。有時候差一點就掉進去，好險我們會互相提醒。

倒完垃圾的路上，何李羅一直跟我說他在生日派對上要表演**魔術**，需要一個助理一起表演，問我可不可以當他的助理？我原本不想要當他的助理，畢竟五十年後，他才是我的助理吧？但後來想一想，如果可以常常到何李羅家玩他的電動玩具，也是一件不錯的事情。所以我就答應了。搞不好這樣一來，我還可以跟爸媽說我得常常到何李羅家寫功課，沒有時間去學才藝，聽起來也是一個好理由，真是一舉兩得！

但很不幸的，已經太遲了。晚上媽已經在餐桌上宣布我要去的才藝班。五十年後的丁小飛，恭喜你現在不但是一名偉人，而且還是一名……

會做體操的偉人。

這真的要怪那兩位被搔癢的小鳥雙胞胎。其實，我也知道為什麼爸媽已經放棄要再次送我和阿達去學樂器。爺爺年輕的時候是一位很有名的爵士樂鼓手，所以爸小時候就被爺爺奶奶送到音樂班學電子琴。很可惜爸並沒有這方面的天分，就像阿達拉小提琴一樣，通常沒有天分的人彈奏樂器時，受害的就是旁邊的人。媽後來偷偷的跟我說，有一天當爸在家練習電子琴，爺爺奶奶的鄰居就在他們家門口放了禮物，上面寫著：

另一個鄰居突然也養了一隻狗，每次爸在練習時，他們的狗就會大叫，蓋住爸彈琴的聲音。

雖然後來爸繼續學了很久的電子琴，但爸從沒有特別要求我們去學樂器，反而很希望我們多去參加戶外活動，或者鼓勵我們參加學校的運動。也就是說，我一點都不訝異我和阿達要去學運動類的才藝。只不過我一直以為會是溜冰或足球之類的運動，但從沒想到會是**體操**！

而且竟然只有**我一個人**去學！這真是太不公平了。

五十年後的丁小飛，不知道你現在接受訪問時是不是都是這樣出場的呢？

9 月 26 日 星期 二

五十年後的丁小飛：

今天放學後，何李羅到我們家來玩。我滿心期待，因為他說會帶他所有最好玩的**電動玩具**！不但如此，還會在我們家過夜。我特別提醒媽，請她不要讓小妹進我們房間，因為我們需要很專心的念書寫功課。其實我的計畫是要**通宵打電動**，想想都覺得過癮。

何李羅來了以後，看到阿達在客廳沙發的角落練「念力」，就問他在做什麼。我真是糊塗，只拜託媽不要讓小妹進我房間，卻忘了叫阿達不要做出奇怪的舉動。但現在太遲了，阿達跟何李羅說他的念力有多厲害，他要如何練成分身等。何李羅聽得一愣一愣的，阿達還說他下一個階段的練習就是要把時間暫停，讓大家都靜止不動，只有他一個人可以動。何李羅聽了更是驚訝，眼睛睜得好大。原本他還想留在客廳跟阿達練念力，但我趕緊把他帶進房間，開始我們的電動之夜。

何李羅把他的電玩珍藏從書包慢慢拿出來。說真的，他還沒拿出來之前，我很希望他帶來的是媽一直不肯幫我買的那些電玩，像《忍者刺蝟》、《機器人特務》，或是《憤怒企鵝》也不錯。

　　但何李羅拿出來以後，我真的不知道要說什麼……

沒辦法，要嘛就是看他玩這些無聊的遊戲，再不然就是把我那些玩了幾千遍的老電玩拿出來。我寧可再玩一千遍自己的電玩，也不想玩他帶來的那些。

於是我拿出爺爺兩年前買給我的《恐龍尋寶》讓何李羅玩。他看了好開心，因為他說他爸媽只讓他玩有知識教學的電玩，所以非常興奮的一直跳來跳去。**不是我在說**，他玩電玩的方式和選擇讓我很納悶。通常我在玩的時候，都會選裡面比較威猛的恐龍角色來代表我，也會幫它取一個很厲害的名字，像是：

龍戰士！

犀利龍！

但他卻選了一個我從來沒選過的恐龍角色，而且還幫它取了一個非常不酷的名字：

和平之鴿

我看著他很辛苦的讓電玩裡的恐龍一步一步前進，實在受不了！通常這一關，我大概十分鐘之內就能破關了，他卻走了將近半個小時還沒走到一半。我很好心的跟他說有條捷徑可以走，他卻說：

趕快走旁邊的小路！

丁小飛，我們不要走小路，要正正當當的走大路。

一路上，明明他的「和平之鴿」可以用武器打敗其他恐龍，但他不肯，他說這是和平的戰爭，所以要用和平的方式來解決。

真是被他打敗了！我忍不住用了阿達的口頭禪：

到了吃晚餐的時間，我們一起走到餐桌前坐下。正要
開動時，阿達突然阻止了我們。他說他非常確定自己已經
練成了念力，要我們都不要動，看他用念力讓桌上的叉子
飛起來！大家聽了以後都忍住了笑，但何李羅很認真的睜
大眼睛，把叉子放回桌上。爸媽笑著說：「好吧！我們也想
大開眼界。」於是我們就坐著等，可是等了好久都沒有任
何事情發生，只看到阿達一個人閉著眼睛。這時我已經聽
到爸的肚子咕嚕咕嚕在叫，於是他終於忍不住把叉子拿起

來，準備開動。突然，阿達很大聲的說：「你們看！叉子真的動了！」

大家用滿臉懷疑的表情一起看著阿達。爸說是他自己拿起叉子，並不是叉子自己飛起來啊！但是阿達卻說：

是我用念力讓你把叉子拿起來的！

大家都覺得很可笑，不想再理阿達了。倒是何李羅，反而不停的鼓掌，還問阿達要如何才能練成這種念力？要練多久？阿達很得意的說，他已經快要練成分身術了，目

標是將來要成為一名**忍者**！就像在電影裡看到的那種——全身包著黑色的布，只露出眼睛，然後背上背著一把長刀的那種忍者。

五十年後的丁小飛，希望阿達現在沒有造成你太大的困擾。

吃完晚餐後，何李羅不但沒有跟我一起通宵玩電動，反而跑去跟阿達學念力和分身術。我只好把小妹叫過來，跟她玩她最愛的下午茶遊戲，讓他們知道我和小妹玩得比他們更開心。

10 月 17 日 星期 二

五十年後的丁小飛：

聰明的你和崇拜我的粉絲們看到這篇日記，一定覺得很奇怪，為什麼我隔了**三個星期**才又繼續寫這本偉大的日記呢？是的，我發生了一件大事情，之後又接二連三的又發生了一些更大的事情。

三個星期前，媽帶我去上了第一堂體操課。五十年後的丁小飛，你記不記得阿達去學什麼才藝？是的，很不公平，他去學跆拳道！你想想看，我穿著緊身的體操服，站在穿著很酷的跆拳道服的阿達身邊，當然是他看起來比較厲害！很多電玩主角都是穿著跆拳道服來擊垮壞人的，但好像很少有穿著體操服的主角。這有點不公平。五十年後的丁小飛，這件事情就麻煩你了：

我到了體操教室，發現其他小朋友都比我矮。我竟然是班上最高的學生呢！這真是太難得了。

我很高興，因為這就表示我一定是裡面最厲害的選手！在學校，我永遠都是**班上最矮的學生之一**（但我不是最矮的，這點很重要），所以上體育課永遠很吃虧：

跟同學一起去買東西時，也很吃虧：

現在我竟然擺脫了這種煩惱，成為體操教室中最高的
人，真是超開心的。不但開心，這也表示我展現體能的機
會來臨了！看來我不但能成為偉人，還可以成為未來的**奧
運金牌得主**。五十年後的丁小飛，想必現在又有更多人崇
拜你，又得更忙了。

第一堂課，是要我們每個人在彈簧跳床上面彈來彈去，並用老師規定的姿勢來跳。我看到每個同學都跳得很輕鬆，我想我應該也可以表現得很好。可是輪到我的時候，因為跳得太大力，反而被彈到外面去了。

　　下個動作是我們要從一個比較高的臺子往下翻一小圈，然後落到一堆軟軟的泡棉裡。

　　這個很簡單，因為跳下去的地方都是泡棉，所以第一次練習時我又很開心的翻滾。在第二次練習時，我決定好好表現一下，打算翻兩圈，然後很帥的落地。但你知道發生了什麼事嗎？

這一次我不但摔到了外面，右手還痛到完全不能動，眼淚也不停的流，眼前冒出好多星星和小鳥。老師很著急的把我送到醫院，醫生說我的右手得上石膏，有好幾個星期都不能動。這也就是為什麼我好幾個星期都沒有寫日記的原因。讀到這裡，你們一定覺得我很慘。可是 —— 剛好相反！這三個星期是我**一生中最棒的日子**！我不用寫功課，所有家事都不用做，有時候媽還會餵我吃飯，這簡直就是小妹的生活，也是我最大的夢想！

來，嘴巴張開。

不過前幾個星期發生了一些事情，讓我永生難忘，也嚴重考驗我和何李羅的友情。應該是說，影響了我想要原諒何李羅的心情。所以我必須寫下來，好讓五十年後的你跟他好好談一談。

有一天，我和何李羅去倒垃圾，我瞄到垃圾桶的其中一邊把手黏著一個嚼過的口香糖，於是我決定確保自己握到的不是有口香糖的把手。

何李羅握到黏著口香糖的把手後開始大叫，因為他的手完全被垃圾桶黏住了！怎麼甩都甩不掉。沒辦法，他只好一整天都帶著黏在手上的垃圾桶。更慘的是，回家的路上，他邊走邊拖著黏在手上的垃圾桶，突然天空飛過一隻好大的鳥，大了好幾坨大便在他的頭上，所以他的頭髮上黏了好多鳥大便。

　　你以為這樣就結束了嗎？還沒有呢！走著走著，突然馬路上衝出一隻好大的蛇往何李羅的方向爬。他手拿著垃圾桶跑，沒辦法跑很快。這時蛇就爬到他的腳上，一圈一圈纏住他的腳，不肯下來！所以現在的何李羅不但手黏著垃圾桶，頭上有鳥大便，還有一條好可怕的蛇在他的腳上。

說時遲，那時快，就在我們覺得應該不會再有任何事情發生的時候，有一架紙飛機突然在空中停下來，把我們兩個人都載走。

　　一路上我們遇到了亂流，何李羅還被風吹得從機身掉下，只能用一隻手抓住機翼。我們一直飛，一直飛，到底飛到了哪裡呢？飛到了我的房間！我看到自己躺在床上……

是的，五十年後的丁小飛，原來剛剛何李羅的那一段是我在作夢。

我一睜開眼睛，覺得剛剛的夢是個好夢。為什麼我會這麼想呢？這就讓我來喚起你的記憶吧！這三個星期，何李羅又做了許多對不起我們友誼的事情。首先因為我的右手打上了石膏，所以沒辦法當何李羅生日魔術秀的助理了。何李羅說如果我願意，還是可以上臺幫他。他後來還找了班上另一個同學來做他的助手，他是今年剛轉來的外國學生，叫做丹尼爾。班上每個女生都說他長得好帥，可是我一直覺得他的眼睛好大，嘴巴又好小，講話時脖子都不會動，長得很像一隻貓頭鷹，而且他還有一個很奇怪的口頭禪：

五十年後的丁小飛，我相信如果你現在在路上遇到他，一定還是會認出他的。

何李羅每次都跟他說英文，我都聽不懂。我頂多只聽得懂兩句話，一句是「bye bye」，一句是「OK」。他甚至最近中午都會到我們座位一起吃便當，害我都沒辦法好好吃巧克力帶來的甜點。

我實在很想把何李羅從「好朋友」降級到「**普通朋友**」。我想何李羅一定不知道這件事情有多嚴重。因為在練習魔術時，我才發現原來是要當他的示範助理：

如果我想要破壞他的魔術秀，其實是可以這樣大叫的：

好痛啊！

（假裝的）

哇！　哇！　哇？

但是我沒有這麼做。沒辦法，**我是未來的偉人，胸襟就是要比別人開闊**。魔術秀表演完以後，大家一直拍手鼓掌。可是他們完全忘記把我從櫃子裡放出來，所以臺下的每個人都在笑我。我被放出來後，何李羅說他希望可以先拆禮物，再跟他的家人一起表演準備許久的樂曲。

他一個一個拆著大家送他的生日禮物，還跟送他禮物的人一起照相。其實到了這裡，我實在很想先走一步。我必須承認，我的禮物不是最棒的。好吧，不但不是最棒的，而且還挺簡陋的。我來何李羅家之前，媽有問要不要

帶我去買何李羅的生日禮物，我說不要，為什麼呢？因為何李羅建議老師以後都由副班長來收作業，所以我無法抄我們這一排的功課，結果就被老師罰站。這都是何李羅的錯。一氣之下，我跟媽說我打算自己動手做禮物。媽聽了也覺得很好。我隨手拿了爸用過的計算紙，然後做成一個相框：

　　我看大家送的都是一些書籍、鉛筆盒等。當何李羅打開我送的禮物時，他只是靜靜的看著它，然後邊跟我照相邊說：

後來我想了想，他確實是應該謝謝我送他禮物。當我未來正式成為偉人後，他可以靠這個禮物發大財，我也算是幫了他一個大忙。

拆完禮物後，何李羅和他的家人就一起到後院演奏樂曲。我聽來聽去都覺得是同一種聲音，只是有時候高，有時候低，就好像七龍珠老師教數學時，我也覺得聽起來像是外星人在講話，只有音調的高低之分，內容則需要有人來翻譯。

　　我在臺下覺得很無聊，所以一個人從後院走到前面的客廳。看到擺在桌上的蛋糕鋪滿了我最愛的奶油，想到上一次何李羅多吃了一口泡芙的奶油，現在如果我偷挖一口奶油也是應該的吧？我隨手挖了一小口蛋糕上的奶油，就繼續走到他的房間。我怎麼知道這是他的房間呢？因為他的電腦桌上放了一張他的照片，

上面寫著：

我一看到照片，火就整個上來了。原本這個副班長的位子應該是我的，卻被何李羅硬生生搶走，他真是太對不起我了。不過算了，爸媽常說要有偉大的胸襟原諒別人，所以我會原諒他的。這時，我突然瞄到掛在牆上的行事曆，發現上面每天都寫得滿滿的，密密麻麻好像報紙一樣，幾乎沒有一天是空白的。

　　我看到有些天寫著「小提琴」，有些天寫「算術」，還有寫著「讀書寫作班」……我必須說何李羅真是有點可憐。要是哪一天不小心跟他調換家庭，我可能不到三個小時就要借用阿達的分身術來救我了。

　　這時，突然聽到大家拍手的聲音，想必是他們演奏完畢了。我回到客廳準備跟大家一起唱生日快樂歌，但大家一臉錯愕的盯著蛋糕看。啊，原來蛋糕上有著他爸媽特地請蛋糕店畫的何李羅卡通版畫像，而剛剛被我挖走的那一口奶油竟然是這裡：

這真的不能怪我，誰叫他們要把臉畫在蛋糕上呢？這時，站在我旁邊的巧克力卻很不識相的說：

何李羅往我這裡看的同時，大家也開始唱起了生日快樂歌，他也跟著一起唱，這件糗事就這樣結束了。

10 月 20 日 星期 五

五十年後的丁小飛：

你一定不敢相信這件事情。自從何李羅在他的生日派對表演魔術秀後，大家下課時都會跑來問他好多有關魔術的問題。

生日派對之後，他又去上了幾次魔術表演班，又學了好多魔術。我後來問他，既然這麼會變魔術，可不可以把所有的垃圾直接變到垃圾場？這樣一來我們就不用再冒著掉入「笨笨洞」的危機去倒垃圾。何李羅很嚴肅的跟我說，這種高難度的魔術應該要跟阿達學才對，因為他的功力還沒有到這麼厲害的境界。我真的很想告訴他，阿達練

了這麼久，也頂多練到早上終於不需要爸媽的幫忙就可以自己爬起來上廁所、刷牙。但我想他是不會理解的。

因為他的魔術實在太受歡迎，在班上的人緣就變得相當好。甚至連超級崇拜我的班長程友莘也常常跟他學變魔術！到了後來，七龍珠老師要何李羅在午休時間後、下午第一節上課前，先變個魔術給大家看，這樣大家的精神就會比較好。

最近班上要開始選**模範生**了。五十年後的丁小飛，不知道你記不記得，學校每年每班都會選出一名模範生，然後同年級學生投票，看哪一位模範生可以得到最高票，最高票的模範生就可以當選為那個年級的校模範生。每個人都可以投兩票，通常大家會把其中一票投給自己班上的模範生，另一票就投給他們想投的人。學校會安排各班的模範生幾次上臺表演才藝的機會，或發表他們的理念。每班也都會組織一個「**競選助理團**」，利用下課的時間到各班去做才藝表演，目的是讓全校學生有更多機會認識你，讓大家增加對你的印象。

五十年後的丁小飛，這個模範生選舉可是每年學校的一件大事！

在校模範生投票之前，七龍珠老師提醒我們要選出一位可以代表班上的模範生。同時也要想想，選出來的人是否也有機會當選校模範生。**不是我在說**，如果我今年是副班長，我相信自己一定有機會當選。

是的，五十年後的丁小飛，當選的人真的是副班長，也就是：何——李——羅！我聽到大家的鼓掌聲，感覺很不是滋味。畢竟這原本應該是我的機會才對！不過算了，

雖然他搶走了我的副班長職位，又讓我當了無法抄功課的排長，然後害我跟他一起倒垃圾，又比我多吃了一口泡芙的奶油，還讓我當他魔術秀上可怕的示範……但是沒辦法，我必須常常提醒自己要有能夠原諒別人的偉人胸襟，所以我還是拍了手，幫他鼓掌。但我只拍了三下來表示我的不滿。其他人都拍了十幾下。

下午我和何李羅一起去倒垃圾的路上，他很興奮的跟我說，打算在校模範生才藝表演那天，表演他練習很久的

魔術。我馬上提醒他，這一次可不會再當他的示範助理了！他笑著對我說：

丁小飛、丁小飛，你要不要當我的**競選助理之一**？

說真的，競選助理團還滿辛苦的。加上原本應該是我當選模範生，所以我有點猶豫。但看到他高興的表情和上揚的眉毛，我還是答應了。何李羅聽了很開心，一直在地上跳來跳去。我還得提醒他小心，免得他掉進了可怕的笨笨洞，那就太不妙了。

　　除了我以外，班上還選了四位同學進入這個助理團。大家說好從下星期開始，每天放學留下來討論我們的才藝表演和到各班的競選活動。想到這裡，我的頭就開始變大。當然，我的頭本來就比別人大，媽說這是聰明的象徵。可是我還得犧牲在家玩電動的時間來幫何李羅選校模範生，我真是太偉大了！連我自己都要開始崇拜我自己了！

10 月 22 日 星期 日

五十年後的丁小飛：

今天是星期日，我卻待在馬桶上待了一整個下午，肚子痛得不得了。

我猜一定是小妹。

中午媽煎了我最愛的鬆餅，我才剛坐到椅子上，就看到小妹用她的手指，用力往我的鬆餅中間一戳！當我要阻止她的時候，已經來不及了。

這件事情發生的幾分鐘前，我親眼看到小妹用同一根手指壓住地上的小螞蟻，再把黏著螞蟻的手指戳進花盆的

土裡，然後又用同一根手指去摸阿達的變色龍。接下來，她的那根手指就戳進我的鬆餅了。

五十年後的丁小飛，你一定覺得很奇怪，為什麼我還是把鬆餅吃掉了呢？這真是一個好問題！當小妹戳進鬆餅的那一刻，阿達就在旁邊說：

> 我可以用念力把小妹戳的地方變不見……

我原本還很好奇，不知道阿達會怎麼把小妹戳過的地方變不見？結果阿達很快的把我的鬆餅拿走，嘴巴張得好大，我就知道不妙了——他想要**吃掉我的鬆餅**！我趕緊把盤子搶回來，狼吞虎嚥的把整個鬆餅都吃下肚了。

　　一定是因為這樣，所以我整個下午都在馬桶上度過。當我好不容易從廁所爬出來，門鈴響了。爸一開門，原來是何李羅。他穿著很正式的燕尾服，帶了一頂魔術師的帽子和一根閃閃發光的魔術棒。

我必須說，他那套魔術服真的很棒。看起來真的好像電視上表演魔術的魔術師。想想如果換作我是副班長，又是模範生，現在穿這一套衣服的就是我。想到這裡，還是有點生氣。何李羅一走進門就說，因為他要開始競選校模範生，所以他爸媽幫他準備了一套專業的服裝。說完，他就開始表演練習很久的魔術，也就是我們競選助理團上星期討論出來的魔術秀。

在學校，我們只能利用下課時間到別班宣傳，所以我們的魔術也只能表演三分鐘。競選助理團加上我只有五個人，我們說好其他人會在何李羅變魔術時在一旁唱歌拍手，而我要在黑板上寫下何李羅的名字和一些感謝的英文，增加別班同學對何李羅的印象。

　　其實幾天前，已經陸續有別班的競選團隊來我們班上宣傳。大部分都是一起唱歌：

也有用跳舞的方式來增加印象：

可憐的男生被抓去跳舞

何李羅在我們家表演完後，爸媽也一直拍手鼓掌。媽說她小時候也是班上的模範生，而且還當選了校模範生呢！她當年跟競選助理團決定到別的班級表演口琴，但是在表演前後，她還會發表自己當選模範生以後的義務和責任。

我一定會幫助不會功課的同學！

何李羅聽了很高興，也覺得這是一個很好的建議。媽又繼續給他許多的意見，也討論了模範生真正的意義。五十年後的丁小飛，要是一開始是我當副班長，現在跟媽熱烈討論的應該是**我**吧！每次何李羅很高興的提起模範生時，我都會想起這件事情。**不是我在說**，我猜他一定沒有想過要跟我道歉，他一定不知道這個位子本來應該是我的。

五十年後的丁小飛：

這星期是競選助理團到各班宣傳的最後一個星期。在這之後，學校還會舉辦一個公開的大型活動，讓全校學生可以看到每位模範生的表演和演講。就跟前兩個星期一樣，我們下課都會一起到各班宣傳。何李羅表演他的魔術，其他助手就在旁邊唱歌拍手，我則在後面黑板寫下他的名字，再用英文寫滿「謝謝」。

也不知道為什麼，每次我們表演完要走之前，班上的人都會對著我們偷偷的笑。我一直以為是因為何李羅的魔

術表演很好笑。但是，今天我終於知道是為什麼了。下午，班上開始流傳一張照片。照片上是何李羅和我們助理團一起到別班宣傳的照片。

大家看了卻一直笑，直到有人很大聲的指著我說：

丁小飛，你的
英文寫錯了！

我英文寫錯也不是第一次了，這有什麼好稀奇的？大家真的不需要這麼激動。我把照片拿過來看了看，原來我把「謝謝」的英文寫成 **Think You**。難道不是「Think You」嗎？

五十年後的丁小飛，不是！

原來 Think 是「想」的意思。如果你現在正在跟其他國家的人開會，可千萬不能說「Think You」啊！

那謝謝的英文應該是什麼呢？

有人從我背後很大聲的說：

是 Thank you。

啊，原來是何李羅。他說謝謝的英文應該是「Thank you」，不是「Think you」。其實也就是差一個字母而已。但這時大家已經議論紛紛，七嘴八舌，說我寫錯了英文。甚至有人很生氣的說，這對何李羅選校模範生有不好的影響……等。正當我也開始緊張的時候，何李羅突然站出來跟大家說：

丁小飛是我的好朋友，他不會故意寫錯英文的。

大家看著我們，紛紛各自走回自己的座位。我看著何李羅，心裡想著，雖然他搶走了我的副班長，不過算了，既然他也把我當成好朋友，五十年後的丁小飛，看來你現在可以正式宣布，何李羅真的是你的好朋友！

我現在正式宣布，封何李羅為我的好朋友！

謝謝！

下午我把我的《恐龍尋寶》拿到他家玩，他還是一直卡在第一關，不肯走小路，永遠破不了關。我在旁邊看到都快睡著了。真希望現在有牙籤可以把我的眼皮撐起來。我後來決定把《恐龍尋寶》放在他家，反正我也已經玩膩了；而且看他的玩法，應該可以讓他玩五十年都破不了第

一關。我站起來準備離開，恰巧經過何李羅的房間，看到他的桌子旁有個東西很眼熟。

是我自己動手做來送他的生日禮物，一個用紙做成的相框。他沒有用它，而是放在一邊。

不是我在說，我有點不開心。雖然這是我臨時用計算紙做出來的，但以後它可是**很值錢的**！我在回家的路上，又開始有點不高興了。想到他做了以下這些事情：

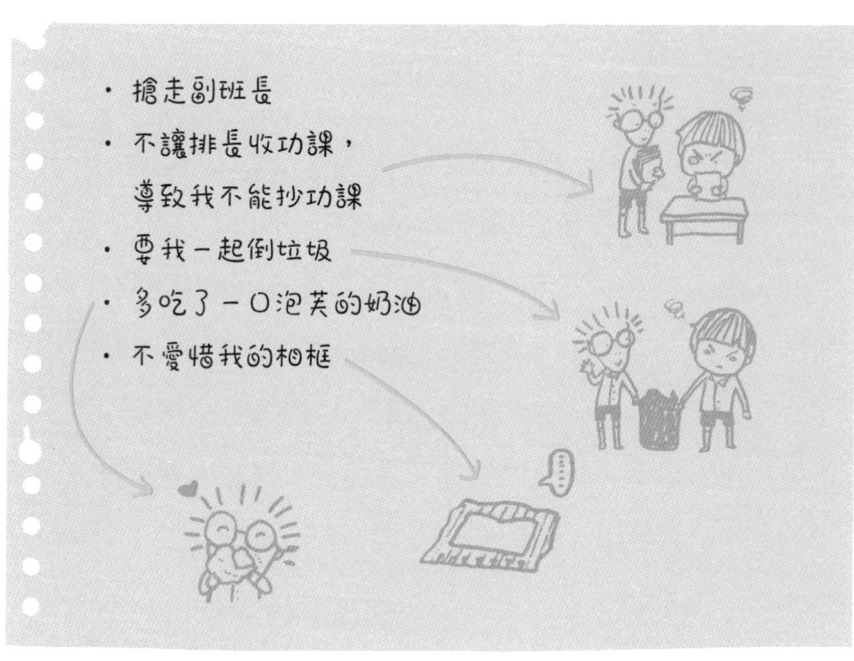

- 搶走副班長
- 不讓排長收功課，導致我不能抄功課
- 要我一起倒垃圾
- 多吃了一口泡芙的奶油
- 不愛惜我的相框

而我卻把我的電動玩具留給他玩，我真的是太、太、太偉大了！

11 月 2 日 星期 四

五十年後的丁小飛：

我相信現在正在讀這本日記的，不只有五十年後的你。畢竟我是個有名的偉人，應該會有我的粉絲辛苦排隊，只為了買到這本珍貴的日記。好吧，各位親愛的粉絲，如果我現在跟你們說一件事，你們可否答應我永遠永遠都不會跟別人說？如果你願意保密，請在這裡簽一下你的名字和蓋手印，謝謝。

大名：＿＿＿＿＿＿＿＿　　　手印：☐

好了，既然你們已經簽了名也蓋了手印，那就請繼續讀下去吧！

今天早上，各班的模範生都要上臺發表演說和表演才藝給全校看。因為已經不需要寫黑板，所以我被分配到一個很棒的工作。當何李羅在臺上表演完魔術後，我只需要

在後臺按一個按鈕，許多碎紙就會像天女散花一樣的飄下來。

　　這真是一個好差事。只要按個按鈕就好了，我非常願意做這麼簡單的事情。我老早就已經在後臺準備，想說這樣還可以輕鬆的在後臺休息一下，也不用聽其他模範生的演講，真是太棒了！可是後來發生的事情可就不輕鬆了。何李羅表演到一半，我的肚子開始痛了起來，就跟上次肚子痛一樣。我現在終於知道問題出在哪裡了——早上吃的鬆餅一定有問題，而不是小妹的手指有問題。因為小妹一整個早上都沒有碰我的鬆餅，除非阿達真的練成了念力。

我在後臺真的忍不住了！我看到廁所就在對面，大概走十步就到了。可是現在的我卻覺得**世界上最遠的距離**，已經不是從月球到地球，而**是我和馬桶之間的距離**。

　　我換了許多姿勢讓自己忍住。雙腳交叉站沒用，跳來跳去也沒用，感覺時間過得又特別慢，我終於忍不住了。

　　要是再不去上廁所，我保證等一下又會成為**全校的焦點**。沒辦法，反正何李羅也快表演完了，我就先把按鈕按下去吧。我想，頂多也只是早一點撒小紙片而已，應該沒什麼關係吧！我按了以後，用最快的速度衝到廁所。如果現在去參加奧林匹克運動會，我肯定可以拿到金牌。

　　跑不到一半，我就聽到警鈴聲大作，天花板也開始灑水！我管不了這麼多，直接向我最需要的馬桶報到。

當我從廁所出來後，警鈴聲也停止了。我也搞不清楚為什麼警鈴會響。看到所有人都跑到活動中心外面，何李羅全身溼答答，洩氣的看著地上。一問之下，才知道原來何李羅還沒表演完魔術，警鈴就響了。大家沒看完他的表演就亂成一團，跑到外面集合。但到底是誰按了警鈴呢？

等一下、等一下……在後臺的人只有我一個，難道是**我**不成？**難道是我按錯按鈕了**？

糟糕了！自從知道是我按錯了以後，就開始坐立難安。本來想跟何李羅說的，不過我決定等他親自問我，再承認就好了。

下午老師把功課發回來給我們。我一翻開我的作業，就看到大大的紅筆字寫著：「丁小飛，為什麼你沒有寫作業？下課來我的辦公室補寫功課。」

是啊，為什麼我沒寫呢？要是現在排長跟以前一樣可以收功課，我就可以抄別人的了。很可惜，這項好處已經被**何李羅**拿走了。

想到這裡，我就決定不跟何李羅說實話。我想這樣也算**扯平**了，他應該會理解的。

11 月 3 日 星期五

五十年後的丁小飛：

世界上曾經發生過許多我們認為絕對不可能發生的事情。就好像幾十年前，人們都不覺得會有電腦，也不會有手機。但現在每個人都在用。相信五十年後的你，一定看到了許多五十年前我們認為不可能會發生的事情。有些不可能發生的事情是值得慶祝的，有些奇怪的事情卻莫名其妙就發生了。例如：

你猜今天哪一件事變成真的？

值得慶祝的事

真的有美人魚

發明了時光機

考卷上的選擇題全都被我猜對了

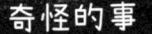
奇怪的事

小妹的尿布真的變成炸彈

外星人其實長得像螞蟻

阿達練成了念力

　　是「奇怪的事」第三項——**阿達練成了念力**！其實也不算完全練成了，不過讓我來跟你說說發生了什麼事情吧！

　　今天我和何李羅一起到附近的小圖書館看漫畫書。那個時候圖書館的人很少，我們坐在書櫃旁邊的地上一邊看一邊笑。圖書館裡大約有四、五個人，都很安靜的在看書。我還看到阿達班上的班長也在圖書館裡，他的綽號叫石頭。為什麼他叫石頭呢？其實他真正的名字叫做「史東」，而石頭的英文是「stone」，跟史東的發音很像，所以大家都叫他

「石頭」。阿達跟媽說，他的班長常常找他麻煩，所以他很討厭石頭班長。後來我們才知道原來阿達經常在上課時睡覺打鼾，也難怪阿達被石頭班長叫起來罰站。

我看見石頭也在圖書館裡安靜看書，還做筆記，真不愧是班長。突然間，我看到阿達走進圖書館，對大家說：

接著，奇怪的事情發生了！所有人都停了下來，好像真的被阿達的念力**暫停**一樣！

靜——止——

　我和何李羅因為躲在書櫃後面，所以沒有人看到我們。我們被這個畫面嚇得不知所措，心跳跳得好快；我的耳邊還一直聽到「喀喀喀喀」的聲音，回頭一看，原來是何李羅在發抖。

這時我看到外面的石頭班長也沒有因為阿達的念力而暫停，他很慌張的晃來晃去，接著就大叫一聲，慢慢往大門方向爬去。就在我要走出去前，看到阿達跟其中一個人眨了一下眼睛。

我終於知道是怎麼一回事了。八成是阿達跟其他人串通好，假裝他練成了能夠讓時間暫停的念力，想要嚇唬石頭班長。我原本要站出來揭穿他的行為，可是突然有個更好的想法。斜眼看到何李羅嚇得縮成一團後，我決定加入阿達的行列。

我讓自己半蹲在空中，讓何李羅以為我也被阿達暫停了，只有他一個人是正常的。在這個情況下，他會認為只

有他一個人是不正常的。過了幾秒，何李羅用他的手指戳戳我，發現我也被阿達暫停。

他馬上大叫，立刻往門口的方向衝出去。

我看著他一路往大門口衝，覺得很好笑。他大概是太緊張了，所以一邊跑一邊跌倒，還差點撞倒檯燈和書櫃。他跑出大門後，我和其他人一直捧腹大笑，笑到眼淚都要噴出來了。阿達更是笑到趴在地上爬不起來。

哈哈！

哈哈！

哈哈哈！

這個時候，我聽到有人大喊：「是誰把圖書館弄得亂七八糟的？」

我和阿達開始往門口衝，可是我跑得比較慢，跑出大門前還不小心撞到書櫃。接著只聽到好多「砰砰」的聲音。我也顧不了那麼多，只知道要趕緊往門外跑。跑出來後，終於鬆了一口氣。只希望沒有人看到是我撞倒書櫃的！

晚上吃完晚餐，何李羅突然跑到我們家來。他一看到我，就問我記不記得發生了什麼事？我假裝說不知道，還怪他為什麼突然從圖書館消失了。我說的時候一直在憋笑，他走向在沙發角落的阿達，請阿達一定要教他念力。

但阿達很鎮定的告訴他：

這是有**天分**的人才能學的。

之後，他又解釋為什麼認為何李羅沒有這樣的天分。何李羅聽完後，失望的離開我們家。

說真的，我很為何李羅感到慶幸，慶幸他沒有堅持要跟阿達學念力！

五十年後的丁小飛：

我不是常常說，壞事通常會接二連三跟著來嗎？今天就真的接二連三的來了。但這些事情竟然不是發生在我身上，而是發生在何李羅身上。

早上升旗的時候，校長宣布了今年的全校模範生。我們四年級是由四年十一班的模範生當選。回到教室，七龍珠老師特別叫全班同學幫何李羅鼓掌。老師說雖然何李羅沒有當選，可是他已經盡了最大的努力。如果他表演魔術的那一天警鈴沒有響，七龍珠老師說，她認為何李羅很有機會當選。

我們一起為何李羅鼓掌！

說到這裡，我感到一點點愧疚，要不是我在後臺不小心按到警鈴，他是可以表演完的。可是沒關係，既然我們是好朋友，他應該是不會介意的。加上我已經讓給他副班長的職位，所以也算是扯平。我想他會理解的。

　　到了下午，壞事就來了。有一個從圖書館來的人，跟著學務主任來到我們班上。主任說，前幾天有學生在圖書館的室內亂跑，把一些書櫃和檯燈都撞倒了，但那位同學跑得太快，所以並沒有看清楚臉。他們講到這裡，我偷偷在心裡鬆了一口氣。圖書館的人接著說：

完了。五十年後的丁小飛，你的偉人自傳裡，即將要有一個小汙點了，怎麼辦呢？主任嘆了一口氣說：

> 何李羅，請你到訓導處來。我們有些話要跟你談。

全班聽了都很驚訝，連我也很吃驚。何李羅從他的位子慢慢走出去，我心裡實在非常的不安。

撞倒書櫃和檯燈的人是我，可是我又實在不想去跟主任坦白，甚至還拿出橡皮擦，在正反兩面寫著：

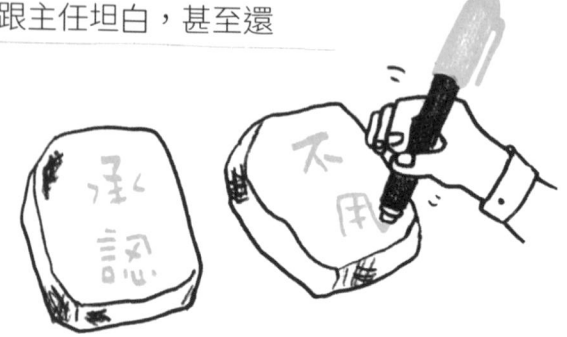

我決定丟三次橡皮擦，如果出現兩次「承認」，那我就到學務處吧！我丟了三次，其中有兩次都是「不用」。看來連橡皮擦都認為我不用承認，所以我決定聽橡皮擦的話，讓何李羅盡一下好朋友的義務，幫我背黑鍋。

　　到了最後一節課，何李羅終於回到教室。大家都很關心他發生了什麼事情，他說後來因為沒有直接的證據證明他就是撞倒書櫃的人，所以就讓他回來了。聽到這裡我鬆了一口氣。看來聽橡皮擦的話是對的！現在我們兩個人都沒事，不是很棒嗎？

放學回家的路上，何李羅跟我說，他原本有跟學務主任提到阿達讓時間暫停的事情，可是主任聽了以後臉一直皺在一起，甚至還想打電話給我的爸媽，也準備叫我和阿達一起到學務處。後來何李羅決定改口，說他一定是看太多漫畫才會想像力這麼豐富。他說他不希望我們也被主任詢問。後來主任他們又看了一次影片，發現其實何李羅並沒有撞倒任何東西，才放他回來。

　　我聽到這裡，心中覺得有點不妥當。於是我用很輕鬆的語氣告訴他真相。

其實是我撞倒的！不過既然你已經安全出來，我就不用進去被問了。

我想既然都說了這些，就乾脆把所有事情都跟他說吧！我把我如何不小心按到後臺的警鈴，在圖書館時假裝也被阿達暫停時間，還有我對於他把我副班長的職位搶走，和他把我當排長可以抄功課的權利拿走有多不滿，還有他比我多吃一口奶油……等，全部一起說出來。然後拍了拍他的肩膀，對他說：

> 既然是好朋友，這些事情我就不再跟你計較了。

　　我必須說，把事情說出來，心情真的輕鬆很多。我放鬆的越走越快，突然發現何李羅怎麼沒有跟上來？回頭找他，他竟然已經往另外一個方向走了，真是奇怪。算了，

沒關係，我想他今天在學務處大概也被問得很累，就讓他自己回家吧！

11 月 14 日 星期 二

五十年後的丁小飛：

請問你現在最好的朋友是誰呢？我猜一定是跟你一樣
偉大的人物吧！

如果真的是這樣，我現在就不用太在意何李羅最近的
行為了。這個星期不知道為什麼，他有點怪怪的。以前中
午他都一定會找我一起吃便當，放學也會一起走回家，有

時候還會突然出現在我家；但他現在連倒垃圾都自己去，而且還跟班上的外國學生丹尼爾特別要好。我常常聽到他們兩個人用英文交談，我是聽不懂他們在說什麼，不過八成是這樣：

我曾經試著講一些他有興趣的話題。

他也只是說：「是喔？」然後就繼續做他的事情。算了，**不是我在說**，身為未來偉人的我，以後一定會有許多人想要當我的朋友。何李羅如果不想好好維持這段友誼，那真的是他的一大損失。

而且說老實話，就算沒有何李羅，我還是有朋友的。例如誰呢？例如，隨便說一個，就像坐在我旁邊的巧克力，他也可以算是我的好朋友啊！我相信他一定覺得很榮幸可以做我的朋友。我特地在何李羅面前很大聲的跟巧克力講笑話，但何李羅只顧著跟丹尼爾用英文聊天，根本沒聽到我的笑話。

後來我決定邀請巧克力來我家玩電動。我猜何李羅一定會很羨慕，也想一起來，但他根本沒聽到我的邀請。

巧克力來我們家以後，只是一直**吃東西**。我忙著在破關，他忙著吃光所有東西。

他吃完了所有自己帶來的零食，剛好也到了晚餐時間。媽說她已經打電話給巧克力的媽媽，所以巧克力可以留在我們家吃晚餐。不知道媽是不是發現了我和何李羅之間的事情，我們才要開始吃飯，她就突然問我們：

我看了看巧克力碗裡的菜，就跟媽說不用了。巧克力已經把桌上所有的菜幾乎掃光，連我們都快不夠吃了。

巧克力回家以後，我發現客廳有一個大包裹。爸一打開，原來是海藻叔叔寄回跟爸借的小電子琴。當爸打開的時候，發現了一件驚天動地的事情！**小電子琴被摔壞了！**那可是爺爺送給爸的禮物，跟了爸很長的時間呢！爸很緊張的插了電，想試著彈彈看，但電子琴完全沒有發出聲音。媽也很緊張的安慰爸，爸則邊拿起電話邊走進房

間。關上門後，我們都知道接下來會發生什麼事。我猜得沒錯的話，海藻叔叔要倒大楣了！

11 月 15 日 星期 三

五十年後的丁小飛：

今天中午我正式跟我自己宣布，我和何李羅不再是好朋友了。他已經從我的「好朋友」被降級為「普通朋友」。我真是為他感到惋惜。不能跟未來偉人交朋友，我真是替他難過！中午我還特地早幾分鐘轉到後面，準備跟他一起吃便當。但我才轉頭，他竟然已經不在座位上了。

後來我才看到，他走到丹尼爾的位子旁邊，跟他一起吃貓頭鷹食物了。好吧！這樣也好，我可以盡情的吃巧克力爸爸做的便當，少一個人跟我搶，其實也挺好的。雖然

巧克力一直在說一些我聽不懂的事情，不過為了證明我也有好朋友，只好勉強聽下去。

不是我在說，自從何李羅不理我以後，我有好好想過這個問題。我想他大概是**生氣了**。我不知道他有沒有想過，如果以後沒有我這樣的好朋友在他身邊提醒他玩電動碰到障礙要走捷徑，他可能到老都沒人可以救他。

放學後，我一個人慢慢走回家。突然想到上次去他家
玩電動，我把我那個《恐龍尋寶》放在他家了。我決定去
把它拿回來，反正他玩到現在也沒有破過任何一關，乾脆

拿回來給小妹玩。我往反方向朝何李羅家走去，原本想要敲門，可是又不確定他在不在家，就決定繞到他家後院，看看他有沒有在房間，直接跟他拿就好了。到了他房間的窗前，我跳上大石頭，敲敲窗戶，但是都沒人回應。當我正要從石頭上跳下來準備回家時，卻讓我瞄到一個東西。

是我用計算紙做給他當生日禮物的相框。何李羅把他和我的照片框了起來，放在桌上。

　　好吧，我必須說，我是有一點點**小感動**。是很小的感動。有多小呢？就像螞蟻吃的東西，再切成三分之一那麼小。雖然很小，可是卻讓我在回家的路上，一直想著一件事：**我要不要跟何李羅道歉呢？**

11 月 18 日 星期 六

五十年後的丁小飛：

我花了好幾天，才把需不需要跟何李羅道歉的理由寫出來。我列出來給你參考一下。

需要道歉的原因	不需要道歉的原因
1. 我誤按了警鈴	1. 他搶了我的副班長職位
2. 圖書館事件	2. 他搶了我排長抄功課的權利
3. 宣傳模範生時拼錯英文單字	3. 他多吃了一口泡芙的奶油
	4. 他讓我跟他一起倒垃圾

爸給我的建議真是不錯！他說，如果有時候不清楚應該做什麼決定，就把理由全部寫出來好好的思考。這樣一列出來，我相信我是不用道歉的，因為我不用道歉的原因比需要道歉來得多，不是嗎？話雖這麼說，我心裡還是**毛毛的**。我走到客廳，看到爸在修他的小電子琴。我注意到爸的臉上多了一些笑容，想必他已經跟海藻叔叔和好了。

可是海藻叔叔弄壞了爸最寶貴的東西，爸怎麼能這麼快就原諒他呢？

爸跟我說，原來這是一個很大的誤會。他笑的原因，是因為一個壞掉的小電子琴竟然可以把他跟海藻叔叔多年來的誤會都解開。他說雖然琴壞了，但是如果可以跟好朋友的友情更上一層樓，就很值得。

原來弄壞電子琴的不是海藻叔叔，而是寄回的過程中摔壞的。但是爸剛開始還是生氣，他覺得一定是因為海藻叔叔做事不小心，才會沒有包好電子琴。

說到這裡，爸微笑的問我：

你覺得是不是因為海藻叔叔沒有包好呢？

我想了想，我們又沒看到，怎麼知道是不是海藻叔叔沒包好呢？所以我說：

不知道啊，
我們也沒看到啊！

爸笑著回答說：「是的。我們常常會用**自己的想像**來對別人生氣，覺得一定是對方刻意做了一些對不起我們的事情。」

聽到這裡，我開始想到那四項「不需要道歉」的理由。難道我的副班長職務被何李羅搶走是我自己想像的嗎？我想了想，好像真的從來沒有正式告訴他「我想要做副班長」。我到底跟他說了什麼呢？啊，我好像是跟他說，如果我做了副班長，我會幫所有的排長收功課！難道這就是為什麼他當了副班長後，就幫排長收功課的原因嗎？想到這裡，覺得自己好像真的錯怪他了。

　　就像爸剛開始自己想像「一定是海藻叔叔沒有包好電子琴」，所以才會一直怪海藻叔叔，這跟我想像「何李羅搶走了我的副班長職位」是一樣的。

　　爸又接著說，也因為這樣，他和海藻叔叔終於解開了許多誤會。原來海藻叔叔一直對爸有點不高興，因為爸是他最好的朋友，卻從來沒有去看過他的表演。但事實上是因為爸很羨慕又有點嫉妒海藻叔叔可以到處去演奏唱歌，才會不想去看。

　　所以，爸說他也跟海藻叔叔道了歉。我聽了感到很驚訝，為什麼爸要道歉呢？畢竟是爸的電子琴壞掉了啊！而且海藻叔叔也怪爸沒有去看他表演呢！爸說，**道歉是不能相互抵銷的。**

並不是說，如果他比你多做錯了一件事，

你就不需要道歉；

只要做錯，就需要道歉。

我跟爸說，道歉真的很難。因為那就表示自己做錯事，有點丟臉。爸說，**懂得趕緊道歉的人，才是一個真正負責任的人**。歷史上有很多偉人做錯了事都會馬上承認，也都會想辦法彌補。像古時候的負荊請罪啊，還有周處為了彌補而除三害⋯⋯等。我聽到這裡已經想睡覺了，所以眨了眨眼，回到房間一直看著那張要不要道歉的表格。

　　身為未來的偉人，我想我知道該怎麼做了。

11 月 20 日 星期 一

五十年後的丁小飛：

今天我做了一件身為偉人最大的挑戰：**道歉**。

我特地選在倒垃圾的時候，搶先一步到垃圾桶旁邊等何李羅。何李羅看到我已經提起一邊的垃圾桶，只好也默默提起另外一邊往前走。一路上我們都沒有講話，直到快要到笨笨洞附近時，我才停下來開口對他說：

我把所有事情都告訴他。首先是不小心按錯警鈴，真的不是故意的，再來是把謝謝的英文拼錯，還有在圖書館內開他玩笑的事也道了歉。最後，也是最重要的，是當我發現他被學務主任叫去問話時，我卻沒有立刻出來承認。

　　我講完以後，何李羅很好奇的問，為什麼會等到這麼久之後才想起來要跟他道歉呢？我記得爸跟我說過，在道歉時絕對不可以把對方做的事拿出來比較。但是既然何李

羅問起來，我也只好回答他。我說一切都是從**副班長**這件事情開始的，我剛開始認為他把我的副班長職位搶走了，然後又把我當排長順便抄功課的好處拿走，所以才一直認為不用道歉。我還沒說完，何李羅已經很正經的跟我說：

> 丁小飛、丁小飛，
> 我能當上副班長是
> **大家選出來的！**

接著他又說，我抄功課本來就是一件**錯誤**的事情，無論是誰收功課都是沒有差別的。說完後，何李羅把垃圾桶拿起來看著我說：

> 不過謝謝你跟我道
> 歉。請你讓我好好想
> 一下這件事……

然後他繼續往前走。

五十年後的丁小飛，接下來發生的事情，可不是因為我故意要開他玩笑才發生的。至於到底發生了什麼事情……這樣吧，我想既然何李羅是我的好朋友，我也答應他不能說，所以我用畫的好了。

笨笨洞

總之，就是發生了這樣的事。我遵守諾言一個字都沒講出去，只有用畫的。我真是一個**守信用的偉人**！

可是很不幸的，還是有人看到了何李羅的事。

接下來一傳十，十傳百，幾乎全校都知道發生了什麼事。回到班上後，何李羅開始都不講話，變得很安靜。也不知道是不是他太緊張，下午的英文課，七龍珠老師點他起來唸課文，他卻一個字都唸不出來。

天啊！通常這種事情只會發生在我身上。七龍珠老師也很驚訝，一直問何李羅到底發生了什麼事。**不是我在說**，這實在有點不公平。平時我也唸不出來，但是七龍珠老師只會馬上叫我去罰站，要不然就是罰抄課文五十遍。

下課前，七龍珠老師要我們好好準備明天的英文考試。考不及格的人，以後要留在學校參加課後輔導。放學回家後，何李羅一個人默默的走回家，頭低低的看著地上。就連他的貓頭鷹朋友丹尼爾找他講話，他都不是很開心。我其實很想告訴他，當一個常考零分和不交功課的人，其實也沒什麼大不了的。我可以給他很多建議，而且長大以後還是會成為一名偉人，他實在擔心太多了。五十年後的丁小飛，真希望你現在可以跟何李羅說一下。

回到家以後，爸跟大家宣布了一件事情。

> 我們星期天去看
> 海藻叔叔表演吧！

哇！真是太棒了！我從來沒看過海藻叔叔在臺上演奏呢！真是太興奮了。我趕緊把上次奶奶送的照相機拿出來，確定它還能用，因為我一定會照很多照片給大家看的。我一整晚都在研究這臺照相機，還拍了幾張無聊的照片，確保它真的能用。

等到我很安心的把相機收起來後，才發現，一個晚上就這麼過了。完蛋，我的英文都沒念，看來我準備以後放

學都要留在學校了。要睡覺之前，爸走到我房間幫我關燈。我高興的問他，為什麼決定帶我們去看海藻叔叔表演呢？他笑著說：

關了燈後，我想到何李羅。他今天發生的事真是倒楣，好像應該要幫幫他吧？但是，該怎麼幫呢？

11 月 21 日 星期 二

五十年後的丁小飛：

我睡眼惺忪的走進教室，一坐下，就看到英文考卷已經在桌上了。我雖然沒念書，但是已經準備好考試兵法。什麼！你不記得我的**考試兵法**？好吧，為了再次證明我的聰明才智，一定要把它寫下來。

如果我沒有念書，通常拿到考卷後會先找一種題型，叫做「選擇題」。選擇題有個好處，就是可以**用猜的**。我通常會用刪去法，把我完全沒聽過的字句全部劃掉。直到只剩下一個選項，那就一定是正確答案。如果有兩個以上的答案都聽過，我就會用我的橡皮擦決定。

今天我在考卷上到處找，但是上面完全沒有選擇題！看來我要使用第二個兵法，那就是「是非題」。是非題常常有陷阱，沒那麼簡單。老師出題通常不會把

對或錯的答案集中在一起，所以我先把會的題目做完後，再填上其他部分。重點是**把圈圈和叉叉均勻分布**，就可以了！

我又看了一下考卷，很不幸的，上面也沒有是非題。我很認真的仔細檢查整張考卷——完蛋了，這整張考卷只有我最害怕的兩種類型：一個是填充題，一個是問答題。通常這種情形只有一個方法可以解決，那就是「**直接交卷**」，然後準備拿零分。

好吧，反正我已經有心理準備要整個星期留校輔導，乾脆就交卷吧！我正要起身時，聽到後面傳來「喀喀喀喀」的聲音。我往後面瞄了一眼，看到何李羅盯著考卷在發呆，而且兩手都不在桌上，只有牙齒在發抖。我看他一題都沒有寫！看來一定是因為笨笨洞事件，讓他壓力太大而寫不出來。

喀喀

喀喀

其實如果他這次英文考高分一點，就可以證明他其實並沒有跌進笨笨洞。可是以我的了解，他此刻一定是非常緊張，才會一題都寫不出來。考試時間只剩下幾分鐘了，如果再不寫，他可能永遠都會被冠上「**笨笨**」這個綽號。我想了想，反正我一定是考零分，所以就直接站起來，轉身跟大家宣布：

說完後，我就把考卷交給七龍珠老師了。

回座位時，全班同學都睜大了眼看著我。老師看到大家都在看我，就提醒大家時間快到了，趕快寫考卷。我看著何李羅，用眼神叫他趕快寫考卷。他忽然回過神來，拿起筆不停的寫。他大概只寫了一半，下課鐘聲就響了。下課的時候，何李羅走過來跟我說：

謝謝你。

我也不知道要說什麼，只是跟他說：

說完後，我們兩個都笑了起來。

下午七龍珠老師發回我們的考卷。果然不出我所料，我真的考了個**大鴨蛋**。至於何李羅，因為只寫了一半，就考了五十分，所以我們兩個都要留校輔導一個星期。奇怪的是，班上竟然沒有一個人叫我「笨笨」。我想大概是因為我常常考零分，他們也習慣了。我和何李羅後來決定，反正兩個人要一起留校，乾脆輔導課後輪流到對方家裡玩電動，有兩天到我們家玩《恐龍尋寶》，兩天到他家玩他的《英文猜謎》──這是何李羅堅持要我跟他玩的遊戲，因為他說這樣能讓我的英文及格。我想著，兩個人一起玩電動也好，要是沒有我在旁邊提醒他要走小路，他可能會卡在同一關五百年吧！

沒辦法，我是未來的偉人，總是**會為別人多著想一點**。五十年後的丁小飛，五十年前的你真是太偉大了！

後記：與海藻叔叔有約

1. 爸帶我們去聽海藻叔叔的吉他演奏會！聽說海藻叔叔有特別打扮，可是他的頭髮看起來……還是一樣亂。

2. 爸突然被海藻叔叔叫上臺，很不好意思。臺下的觀眾都好興奮，叫得好大聲喔。

3. 爸和海藻叔叔一起演奏他們大學時代最常唱的歌。

4. 我、媽和阿達在臺下自拍——爸也有在鏡頭裡喔！

我的 圖畫日記！

丁小飛原本以為何李羅做了許多對不起他的事，結果原來是他搞錯了！如果能夠早一點發現，故事就會不一樣了。但是，會怎麼「不一樣」呢？一起把故事畫出來吧！

步驟一：

我們先來看看「副班長事件」：

1 副班長的工作，就是要讓其他的人更輕鬆。所以我覺得我很適合當副班長。	**2** 副班長還要幫忙老師和班長安排校外活動、出習題和參加會議呢！
3 原來這麼麻煩？看來我也不一定適合。那我適合當什麼呢？	**4** 丁小飛、丁小飛，如果你也不清楚，不如讓班上其他同學來選出適合你的職務吧！　嗯，好吧！

現在用你的想像力來改寫他們的「泡芙事件」。如果丁小飛說出他真正的想法，會有什麼不一樣的結局呢？

步驟二： 再試試你的創意，重新改寫他們的「倒垃圾事件」。

丁小飛說是因為何李羅的關係，讓他必須跟何李羅一起倒垃圾。

你認為呢？我們可以把這件事畫成四格漫畫：

女同學：那你的工作是什麼？

丁小飛：我的責任就是監督所有人的打掃工作。

1. 何李羅：_____

2. 丁小飛：_____

3. _____

4. _____

現在按照上面 1～4 的順序畫出來：

1	2
3	4

我們再一起改寫「相框事件」吧。

1. 丁小飛看到何李羅桌上的相框。

2. 丁小飛跑去問何李羅：「為什麼你沒有用我畫給你的相框呢？」

3. 何李羅：_____

4. 丁小飛：_____

現在按照上面 1～4 的順序畫出來：

1	2

3	4

太棒了！

下次如果你認為有人做錯了事，可以用漫畫的方式把事件畫出來，仔細思考有沒有更好的解決方式。換個角度看事情，誤會就會越來越少喔！

丁小飛 校園日記 3
副班長爭奪戰

作者｜郭瀞婷
繪者｜水腦

責任編輯｜許嘉諾、李寧紜
美術設計｜林家蓁
封面設計｜Bianco Tsai

天下雜誌群創辦人｜殷允芃
董事長兼執行長｜何琦瑜
媒體暨產品事業群
總經理｜游玉雪
副總經理｜林彥傑
總編輯｜林欣靜
行銷總監｜林育菁
主編｜李幼婷
版權主任｜何晨瑋、黃微真

出版者｜親子天下股份有限公司
地址｜台北市 104 建國北路一段 96 號 4 樓
電話｜（02）2509-2800　傳真｜（02）2509-2462
網址｜www.parenting.com.tw
讀者服務專線｜（02）2662-0332　週一～週五：09:00~17:30
傳真｜（02）2662-6048　客服信箱｜parenting@cw.com.tw
法律顧問｜台英國際商務法律事務所・羅明通律師
製版印刷｜中原造像股份有限公司
總經銷｜大和圖書有限公司　電話：（02）8990-2588

出版日期｜2014 年 2 月第一版第一次印行
　　　　　2023 年 12 月第三版第一次印行
定價｜320 元
書號｜BKKC0059P
ISBN｜978-626-305-612-1（平裝）

訂購服務 ─────────────────────
親子天下 Shopping｜shopping.parenting.com.tw
海外・大量訂購｜parenting@cw.com.tw
書香花園｜台北市建國北路二段 6 巷 11 號　電話（02）2506-1635
劃撥帳號｜50331356　親子天下股份有限公司

國家圖書館出版品預行編目資料

丁小飛校園日記. 3, 副班長爭奪戰 / 郭瀞婷
文.原畫；水腦圖. -- 第三版. -- 臺北市：親子天
下股份有限公司, 2023.12
160 面；14.8*21 公分
ISBN 978-626-305-612-1(平裝)
863.596　　　　　　　　　　　112016769

立即購買 >